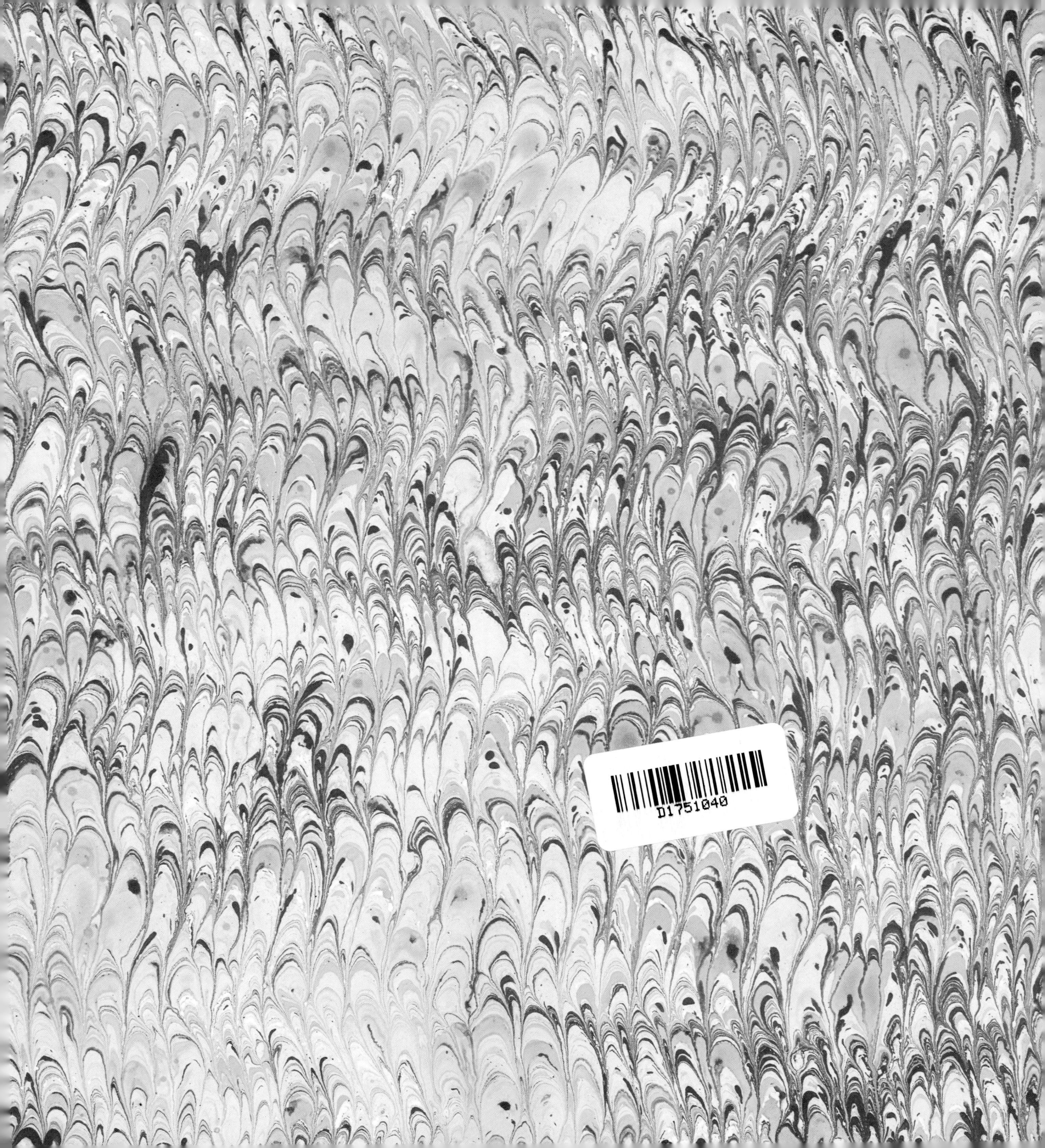

CAZA

COUVERTURE : **LA QUÊTE.** Inédit 1987.
FRONT COVER : THE QUEST. Unpublished 1987.

QUATRIÈME DE COUVERTURE : **L'ACCOMPLISSEMENT.** Inédit 1987.
BACK COVER : THE ACCOMPLISHMENT. Unpublished 1987.

CAZA

COLLECTION DIRIGÉE PAR YVES BONIFACE.
EDITOR : YVES BONIFACE

CONCEPTION GRAPHIQUE DE PASCAL GUICHARD.
GRAPHIC LAY-OUT : PASCAL GUICHARD.

TRADUCTION DE NICKY NORDBY.
TRANSLATION : NICKY NORDBY.

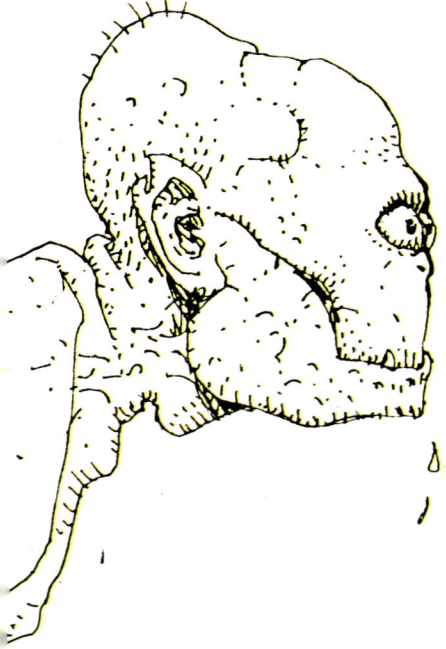

S E X – T E X T

Les mains qui pianotent sur les claviers des machines à décrire sont presque toutes masculines. Celles qui par contre feuillètent les œuvres concoctées par les premières appartiennent plutôt à la gent féminine (des statistiques on ne peut plus officielles puisqu'émanant du Ministère de la Culture sont là pour le prouver). Autrement dit, aux hommes la terrible angoisse de la feuille blanche, et aux femmes les délicieux frissons de la page Yin. Ce "déséquilibre sexuel" n'est bizarrement plus vérifié dans les genres dits mineurs, comme par exemple la science-fiction, la bande dessinée, et à fortiori la bande dessinée de science-fiction. Là

Hands that play on the keyboards of tale-printers are for the most part men's. As to the other hands — those which leaf through the works conceived by men, they belong to women (evidence may be found in the statistics given by the Ministry of Culture). In other words, while men enter the throes of the "blank sheet", women dip into the issue, shivering delightfully. Such "sexual unbalance" loses its relevance when it comes to so-called minor genres, like for example, science-fiction, comic strips and a fortiori science-fiction comic strips. There you find, as is shown in a thoughtfully devised French advertisement about

AUTOPORTRAIT AU CRAYON. Inédit. 1986.
PENCIL SELF-PORTRAIT. Unpublished. 1986.

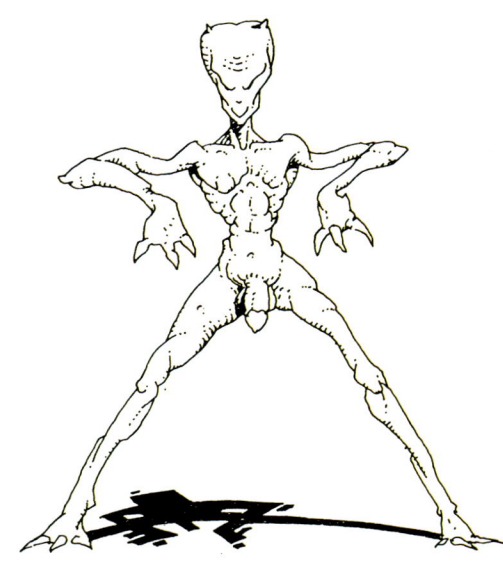 

comme à l'EDF, tout ou presque, est fait par des hommes et pour des hommes.
Plutôt que d'aller chercher la petite bête qui monte et dit pourquoi-comment, restons dans l'évidence. Quelques vérités, toujours passées sous silence, parce qu'à l'envers et contre toutes, sont bonnes à dire :
— Il n'y a pas de femmes fatales, il n'y a que des hommes fatalistes.
— Dans notre culture, c'est bien l'homme qui est "objet" et non la femme qui, elle, est "instrument" (la Pub nous le montre tous les jours que Dieu fait. Vous souvenez-vous de la fameuse campagne *La semaine prochaine j'enlève le bas*? Qui visait-elle? Qui ces Messieurs (!) voulaient-ils séduire en utilisant une image de femme?).
— Dans l'univers de Caza la femme brille jusque par

the French governmental power company, Electricité de France, that everything or almost everything is made by men and for men.
Rather than being over critical with the whats, whys and wherefores, let us stick to the facts. Today, some truths are to be welcomed and are proper to be told although they've always been passed over in silence. To wit :
— There are no "femmes fatales", there are only fatalistic men.
— In our culture, man is rather the "object", the woman being the "instrument" (Advertisements demonstrate it every day. Just remember the campaign "This week, I lay down my arms. What next?„ showing a woman stripped to the waist, announcing that she'll surrender what is left of her clothes in the next ad. Who was the target? Whose

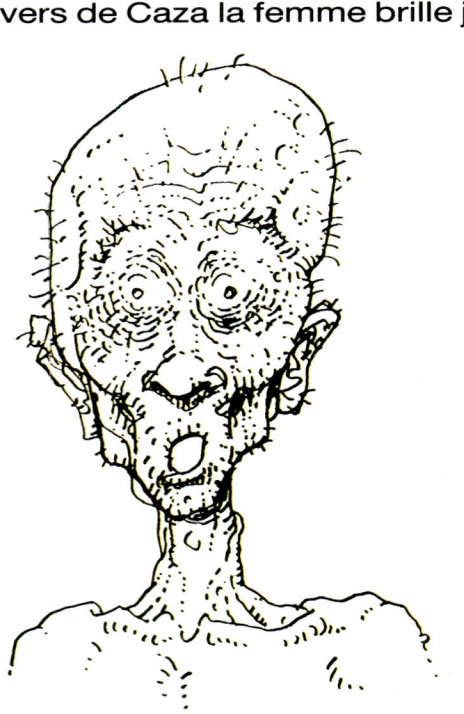 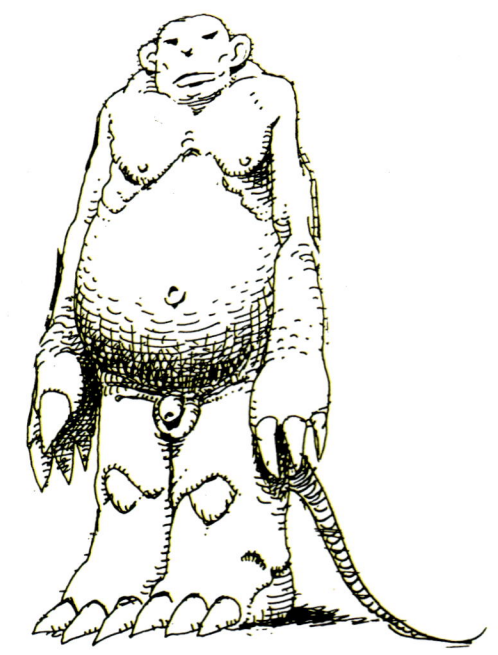

son absence. Gracile ou menaçante, virile ou géante, elle reste ici comme ailleurs l'image réelle d'un désir virtuel.

Quand un dessinateur propose une forme, qu'elle soit ronde, carrée, réaliste ou nouvelle, c'est avant tout son portrait qu'il nous offre, en deux dimensions situées chacune d'un côté du miroir. Dis-moi qui te hante, je te dirai qui tu es... Il ne s'agit pas de verser dans le symbolisme style grande-surface, ni dans la psychanalyse au ras des banquettes, mais d'avoir simplement les yeux en face des trous. Que les clés soient dans les serrures ou sous le taille-crayon, que les portes soient ouvertes ou fermées, un monde différent apparaît et livre sa cohérence. On comprend alors pourquoi Caza et Silverberg font si bon ménage, pourquoi l'Egypte et ses symboles côtoient l'ailleurs et demain, pourquoi le muscle a la froideur du robot... Quant à la femme, qu'elle porte des lunettes ou nous darde de son regard oblique, que reprenant du poil de la bête elle se promène la queue entre les jambes et nous dise "Hou les cornes", elle fait référence à un système bi-polaire. La Terre aussi en a deux. Et voilà que lui poussent de suggestives excroissances en forme de traits d'union.

Mais oublions pour un temps le devant du miroir, et traversons les apparences. Un recueil d'illustrations est aussi "quelque part" une BD dont l'enchaînement des vignettes, après rétablissement de la chronologie, nous conte entre autres histoires celle d'une vie. Pour suivre l'itinéraire de Caza - qui dessine comme une déesse - il est bon de garder présent dans un coin de notre troisième œil cette merveilleuse formule de J.J.R. (Jean-Jacques Rousseau) :

"En ce que les deux sexes ont de semblable,
ils sont identiques.
En ce qu'ils ont de différent,
ils ne sont pas comparables."

Yves Chéraqui

fancy did these gentlemen (!) wish to please by using the image of a woman?).

— In Caza's world, the woman shines even when she isn't around. Slender or threatening, manly or giant, here and everywhere, she remains the real image of a would-be desire.

When a cartoonist proffers a form, be it a round or a square, be it realistic or new, he is first of all offering us his own portrait in two dimensions located on either side of the mirror. Tell me whose company keeps you... There is no question of yielding to super-market symbolism, nor to oversimplified psychoanalysis, but it is a matter of seeing things as they are. Depending on whether the keys are inside the locks or under the pencil-sharpener, whether the doors are opened or closed, a different world looms up and delivers its coherence. Then, one understands why Caza and Silverberg get along so well, why Egypt and its symbols border on elsewhere and tomorrow, why the muscle has the coldness of a robot... As for the woman, whether she wears glasses or flashes a side-long glance at us, or whether taking a hair from the dog that bit her, she goes about with her tail between her legs making horns at us, no matter what she does, she refers to a bipolar system. So does the Earth. And lo! there she's growing suggestive hyphen-shaped excrescences.

But let us forget for a moment the front of the mirror and let us journey in. Somehow an illustration book is also a comic strip in which each text-illustration once properly set up in its place, tells us among several stories that of a life. Caza — who draws like a goddess — has got an itinerary and for us to follow it, it is necessary to keep in the third eye of our mind J.J.R's (Jean-Jacques Rousseau) wonderful saying :

"Where both sexes are alike
they are identical.
Where they're not alike
they are not to be compared."

Yves Chéraqui

LES VOIES D'ANUBIS. Tim Powers. J'ai Lu. 1986.
THE ANUBIS GATES. Tim Powers. J'ai Lu. 1986.

Ce que je préfère, c'est dessiner les femmes, les monstres, les hommes taillés en héros, les architectures baroques et ténébreuses, les ruines, les rochers, les arbres, les nuages et les cieux étoilés, les sols ensablés ou boueux, l'ordure gluante... Je suis moins à l'aise avec la technologie pure et dure : astronefs, ordinateurs et robots, que je traite de manière plus conventionnelle ou que je tourne en dérision.

J'aime bien aussi pouvoir mettre en scène une séquence précise du livre ou combiner plusieurs éléments visuels qui y sont contenus... Le livre peut être bon ou mauvais, là n'est pas la question. Bien sûr, je préfère illustrer un bon livre ! Mais un très mauvais livre peut me fournir un joli monstre à dessiner : alors je suis heureux.

Il y a des livres qui m'inspirent, qui me proposent des images que j'ai envie de dessiner, qui stimulent mon imagination ou mon sens de l'humour. Il y en a même qui m'en donnent presque trop. Alors je ne sais plus que choisir et je me retrouve frustré de n'avoir à faire qu'une couverture quand j'aimerais en tirer tout un portfolio.

What I like best is to draw women, monsters, men with the stuff of heroes, dark and baroque architectures, ruins, rocks, trees, clouds and starry skies, muddy or sandy grounds, slimy garbage... I feel less comfortable with downright technology: spaceships, computers and robots which I handle in a more conventional way or make fun of.

I also like to stage a specific part of the book, or combine several visual aspects which it contains. It does not matter whether the book is good or bad. Sure, I prefer to illustrate a good book! But a nice monster to draw may spring up from a very bad book: then I'm happy.

Some books inspire me, when they spark images which I feel like drawing, when they spur my imagination or my sense of humour. Some may even trigger too much of it. Then I don't know what to choose and I feel frustrated to have only a cover to work on when I'd like to draw a whole portfolio.

LES CHIENS DE SKAITH. Leigh Brackett. Albin Michel. 1987.
THE HOUNDS OF SKAITH. Leigh Brackett. Albin Michel. 1987.

LE SECRET DE SKAITH. Leigh Brackett. Albin Michel. 1987.
THE GINGER STAR. Leigh Brackett. Albin Michel. 1987.

LES PILLARDS DE SKAITH. Leigh Brackett. Albin Michel. 1988.
THE REAVERS OF SKAITH. Leigh Brackett. Albin Michel. 1988.

TITRE POUR LE CYCLE DE TSCHAÏ. Jack Vance. Opta. 1971.
TITLE FOR PLANET OF ADVENTURE. Jack Vance. Opta. 1971.

LE CHASCH (CYCLE DE TSCHAÏ). Jack Vance. J'ai Lu. 1983.
CITY OF THE CHASCH (PLANET OF ADVENTURE). Jack Vance. J'ai Lu. 1983.

CHASCH (CYCLE DE TSCHAÏ). Jack Vance. Opta. 1971.
CITY OF THE CHASCH (PLANET OF ADVENTURE).

WANKH (CYCLE DE TSCHAÏ). Jack Vance. Opta. 1971.
SERVANTS OF THE WANKH (PLANET OF ADVENTURE).

TITRES POUR LE CYCLE DE TSCHAÏ. Jack Vance. Opta. 1971.
TITLES FOR PLANET OF ADVENTURE. Jack Vance. Opta. 1971.

LE WANKH (CYCLE DE TSCHAÏ). Jack Vance. J'ai Lu. 1983.
SERVANTS OF THE WANKH (PLANET OF ADVENTURE). Jack Vance. J'ai Lu. 1983.

DIRDIR (CYCLE DE TSCHAÏ). Jack Vance. Opta. 1971.
THE DIRDIR (PLANET OF ADVENTURE). Jack Vance. Opta. 1971.

PNUME (CYCLE DE TSCHAÏ). Jack Vance. Opta. 1971.
THE PNUME (PLANET OF ADVENTURE). Jack Vance. Opta. 1971.

TITRES POUR LE CYCLE DE TSCHAÏ. Jack Vance. Opta. 1971.
TITLES FOR PLANET OF ADVENTURE. Jack Vance. Opta. 1971.

LE DIRDIR (CYCLE DE TSCHAÏ). Jack Vance. J'ai Lu. 1983.
THE DIRDIR (PLANET OF ADVENTURE). Jack Vance. J'ai Lu. 1983.

LE PNUME (CYCLE DE TSCHAÏ). Jack Vance. J'ai Lu. 1983.
THE PNUME (PLANET OF ADVENTURE). Jack Vance. J'ai Lu. 1983.

L'OREILLE INTERNE. Robert Silverberg. J'ai Lu. 1981.
DYING INSIDE. Robert Silverberg. J'ai Lu. 1981.

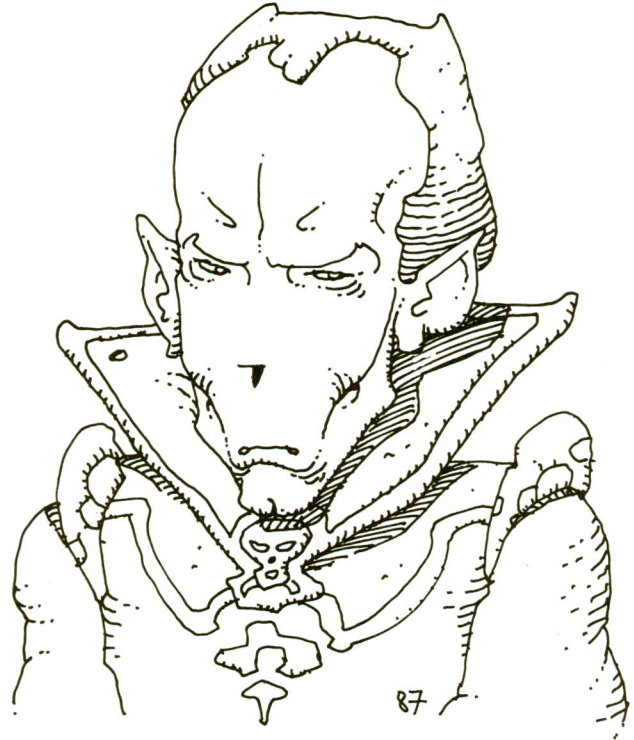

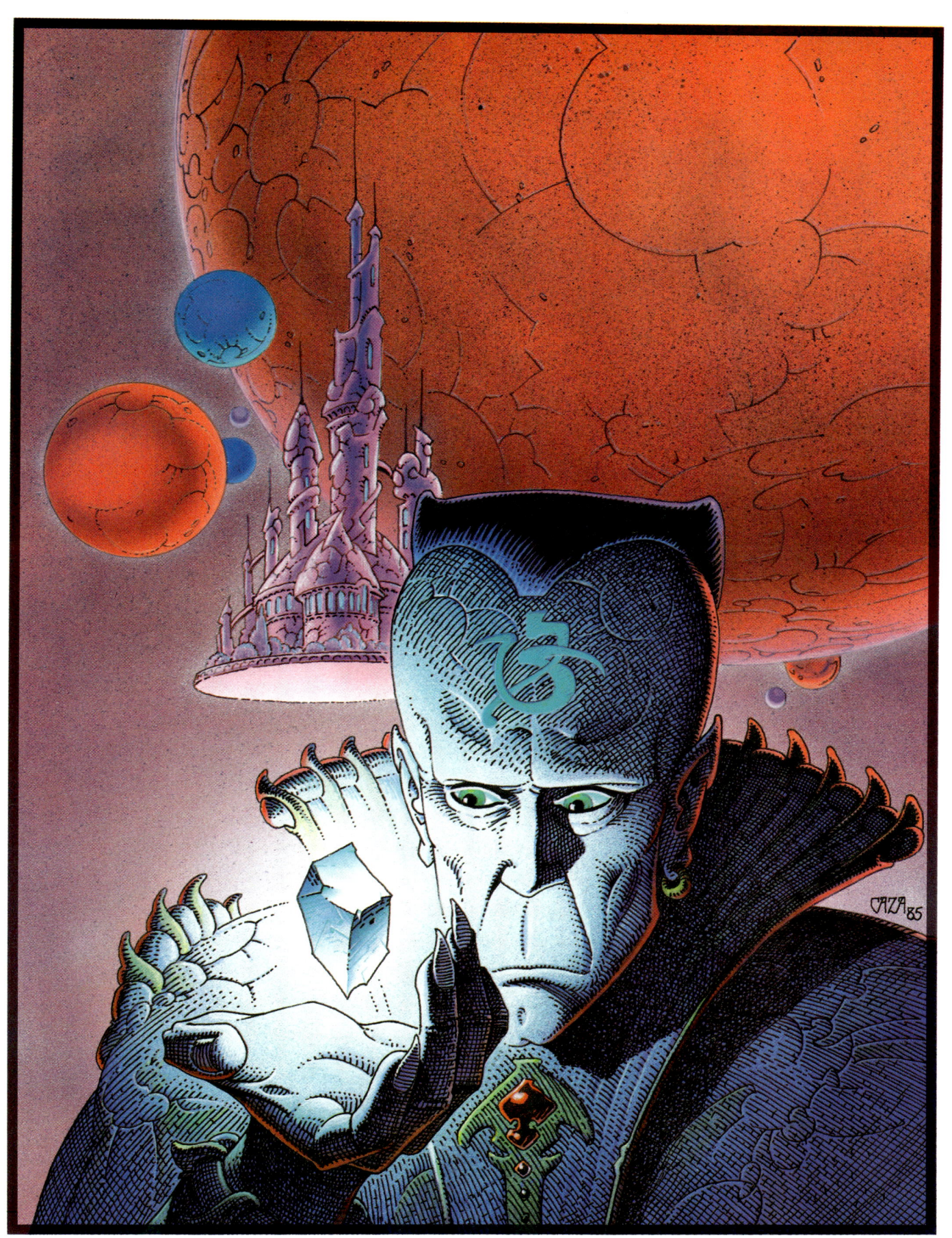

RHIALTO LE MERVEILLEUX. Jack Vance. J'ai Lu. 1985.
RHIALTO THE MARVELOUS. Jack Vance. J'ai Lu. 1985.

L'EMPEREUR DE HAN. Dessin préparatoire pour le court-métrage de René Laloux, d'après la nouvelle de Marguerite Yourcenar "Comment Wang-Fô fut sauvé". Inédit.
THE EMPEROR OF HAN. Preliminary sketches for René Laloux' short-subject film adapted from Marguerite Yourcenar's "Comment Wang-Fô fut sauvé". Unpublished.
© Revcom Télévision. 1984.

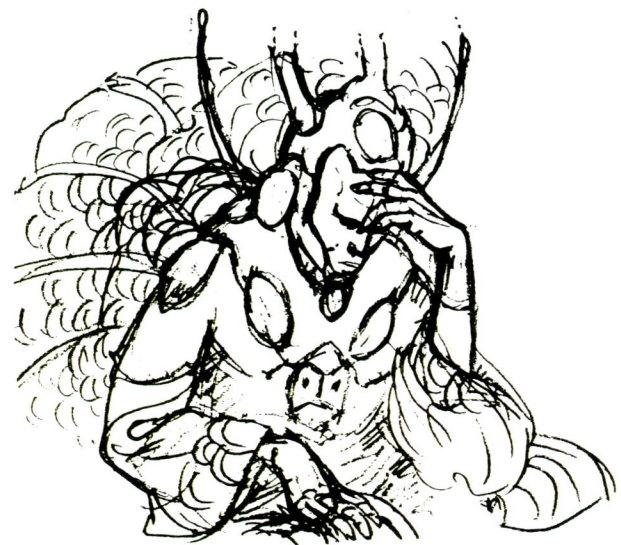

LE CHÂTEAU DE LORD VALENTIN. Robert Silverberg. J'ai Lu. 1985.
LORD VALENTIN'S CASTLE. Robert Silverberg. J'ai Lu. 1985.

SORN. Croquis pour "Gandahar", film de René Laloux, d'après le roman de J.P. Andrevon "Les Hommes-Machines contre Gandahar". Inédits. © Col-Ima-Son. 1985.
SORN. Sketches for René Laloux, "Gandahar", adapted from J.P. Andrevon's novel "Les Hommes-Machines contre Gandahar". Unpublished. © Col-Ima-Son. 1985.

SYLVAIN ET LE GUVIER. Dessins préparatoires pour "Gandahar", film de René Laloux, d'après le roman de J.P. Andrevon "Les Hommes-Machines contre Gandahar". Inédits. © Col-Ima-Son. 1985.
SYLVAIN AND THE GUVIER. Preliminary sketches for René Laloux' "Gandahar", adapted from J.P. Andrevon's novel "Les Hommes-machines contre Gandahar". Unpublished. © Col-Ima-Son. 1985.

MARILYN MONROE ET LES SAMOURAÏS DU PÈRE NOËL. Pierre Stolze. J'ai Lu. 1985.
MARILYN MONROE ET LES SAMOURAÏS DU PÈRE NOËL. Pierre Stolze. J'ai Lu. 1985.

LES ROBOTS DE L'AUBE. Tome I. Isaac Asimov. J'ai Lu. 1983.
THE ROBOTS OF DAWN. Volume 1. Isaac Asimov. J'ai Lu. 1983.

A priori, je dessine toujours avec l'idée d'être publié. Mais il m'arrive de laisser le crayon courir sur le papier, le trait naître de la main. Je crobarde au feutre sur des dos d'enveloppes, avec le temps le feutre pâlit et s'efface, je peins sur du papier machine...

En fait, il y a dans l'art du dessin quelque chose de dérisoire par la tendresse des matériaux utilisés. Parlez-moi du sculpteur qui affronte le granit ou le marbre ! Un travail où le muscle et l'os entrent en jeu, où se dépensent de la sueur, de l'énergie. Nous, illustrateurs, avec un crayon tendre ou un pinceau "poils de martre 02", nous caressons délicatement une feuille de Canson assis à une table comme des bureaucrates, repliés sur nous-mêmes en position quasi fœtale.

Il y a le Rotring, dur et raide qui trace comme mécaniquement un trait d'épaisseur régulière, contrôlé, pensé. Rien de musclé, rien de souple là-dedans : un trait pour dessiner des H.L.M. La plume est plus dure, plus musculaire, "lamentable outil d'agression, digne d'un couard". Le feutre est doux, un peu mou. Il glisse sans effort, sans crispations.

J'aime le papier, sa douceur, son côté organique, proche de la peau, charnel. J'aime le crayon, pas trop dur, pas trop tendre : le 4B, on s'en fout partout et le dessin devient vite un tas de charbon. L'aéro c'est l'enfer. Découper des caches, c'est des heures de travail de précision, de méticulosité, mais où on ne dessine pas. Je n'ai pas encore essayé les machines informatiques, palettes graphiques, etc., qui me semblent l'aboutissement de la coupure entre l'artiste et la matière. De la tête à l'écran n'entrent plus en jeu que des électrons.

I always start up with the idea of being published. But it may happen that I let the pencil run randomly over the paper, and let the line come up from my hand. I scribble with my felt pen on the back of envelopes and with time the line fades out and disappears; I daub on typewriter paper...

Actually, there is something ridiculous in the art of drawing when one thinks of the softness of the material we use. Let us rather speak of the sculptor who grapples with granite or marble! Some work in which muscles and bones take part, where sweat is spilled and energy spent! We, illustrators, with a soft pencil or an "02 marten" brush, we stroke a Canson drawing sheet with a delicate touch, sitting at a table like a functionary, folded over ourselves in a fœtus-like position.

There is the hard and rigid Rotring which traces almost mechanically an evenly thick, controlled, thought-out line. Muscle stands out of it and so does flexibility : it's a line made to draw council flats. The pen is sharper, more muscular, "a deplorable aggressive tool, worthy of a coward". The felt is soft, a little too soft at times. It glides effortlessly, entirely relaxed.

I like paper, its softness, its organic side, fleshy, close to the skin. I like pencil, not too hard, not too soft : the 4B, you smear yourself all over with it and the drawing becomes a heap of coal. The air-brush is hell. Cutting out safe-edges requires hours of painstaking and accurate work, meanwhile one is not drawing. I have not tried yet the computers, the graphic palettes, etc., which, for me, represent the highest materialization of the gap between artist and matter. Electrons alone find their way from the ead to the screen.

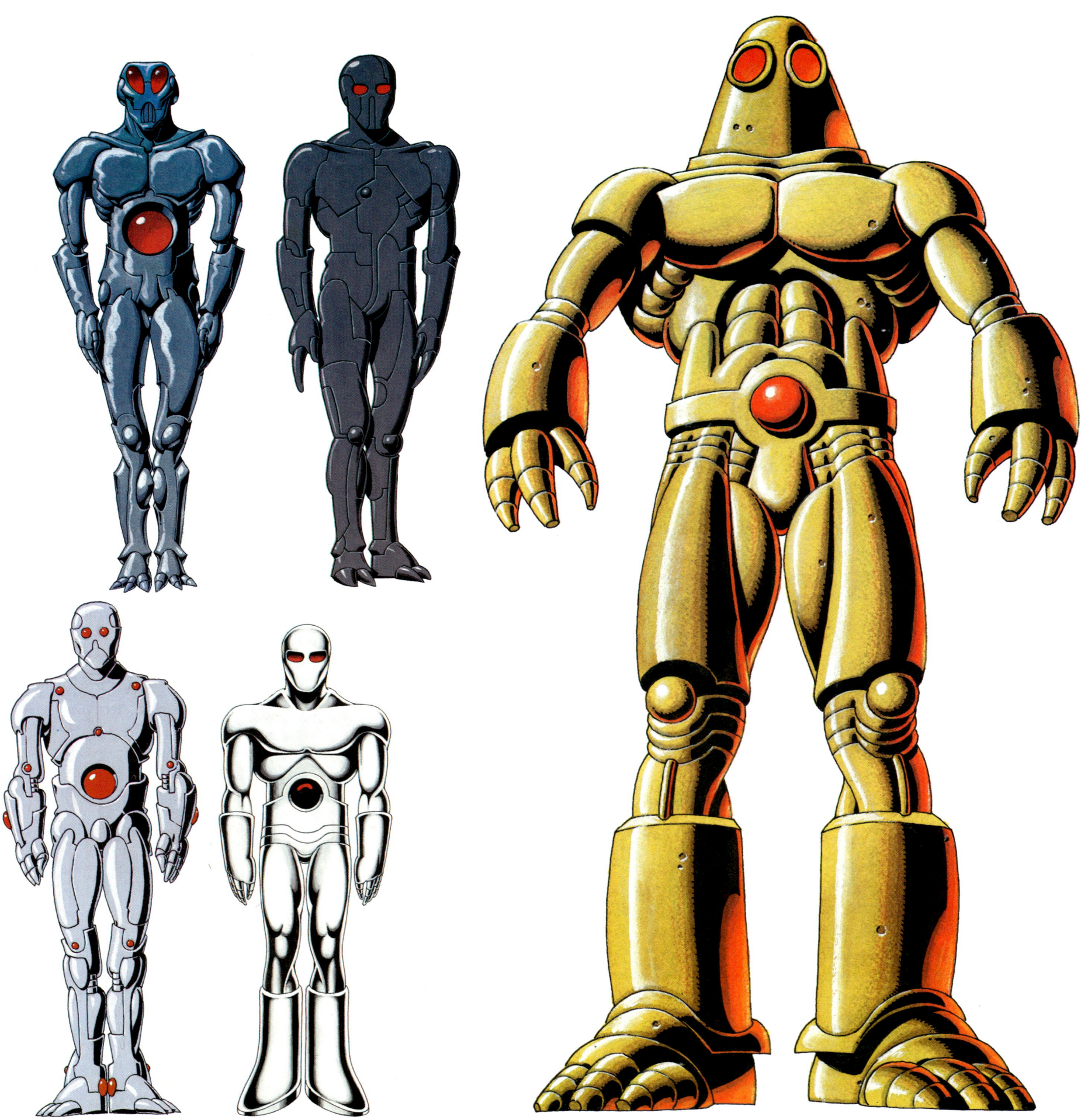

LES HOMMES-MÉTAL. Dessins préparatoires pour "Gandahar", film de René Laloux, d'après le roman de J.P. Andrevon "Les Hommes-Machines contre Gandahar". Inédits. © Col-Ima-Son. 1985.
METAL-MEN. Preliminary sketches for René Laloux' "Gandahar", adapted from J.P. Andrevon's novel "Les Hommes-machines contre Gandahar". Unpublished. © Col-Ima-Son. 1985.

LES ROBOTS DE L'AUBE. Tome II. Isaac Asimov. J'ai Lu. 1983.
THE ROBOTS OF DAWN. Volume II. Isaac Asimov. J'ai Lu. 1983.

UN DÉFILÉ DE ROBOTS. Isaac Asimov. J'ai Lu. 1984.
THE REST OF THE ROBOTS. Isaac Asimov. J'ai Lu. 1984.

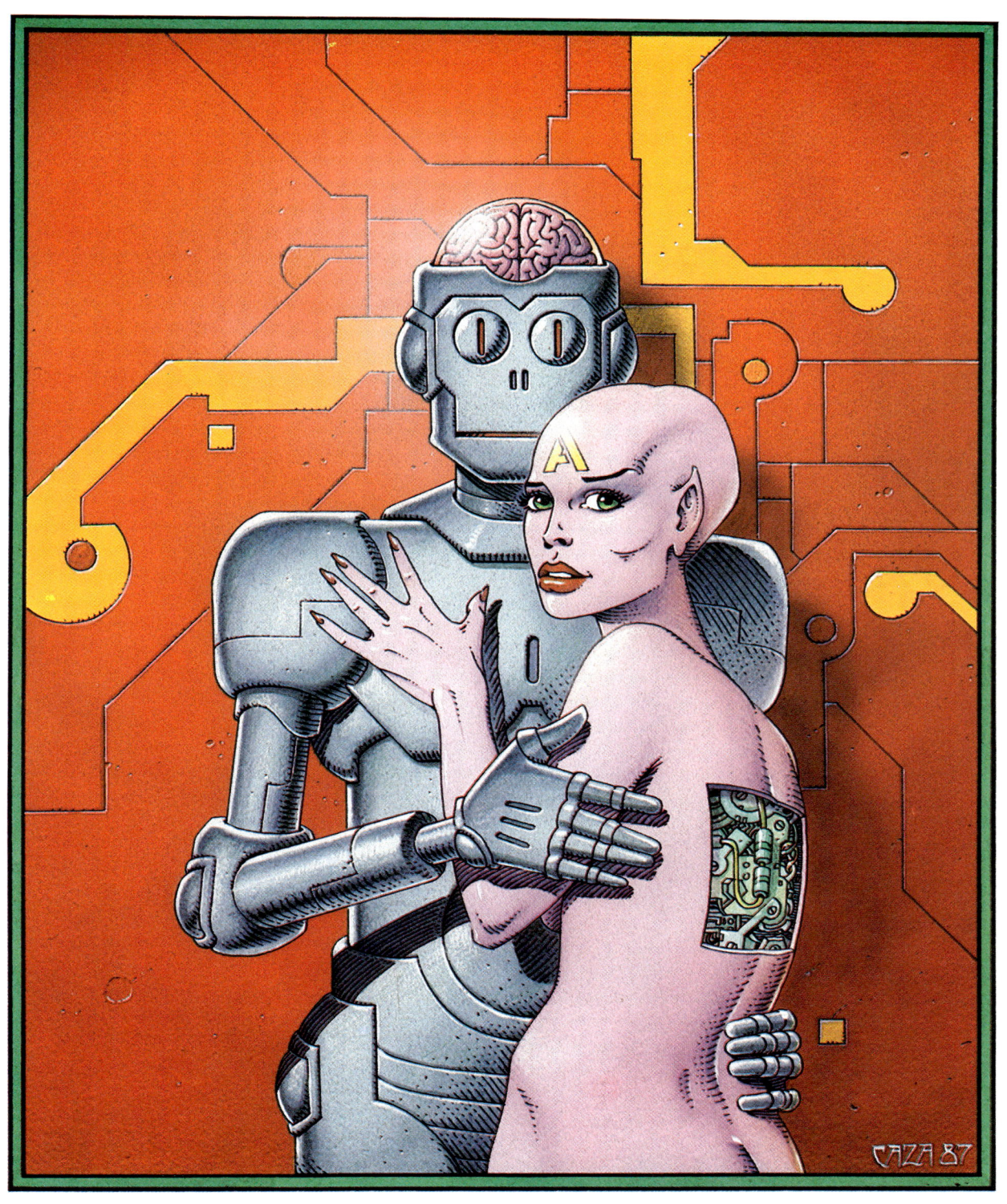

ROBOTS ET ANDROÏDES. Affiche pour la 5e Semaine de la Science-Fiction de Roanne. 1987.
ROBOTS AND ANDROIDS. Poster for the 5th Week of Science-Fiction in Roanne. 1987.

A 35

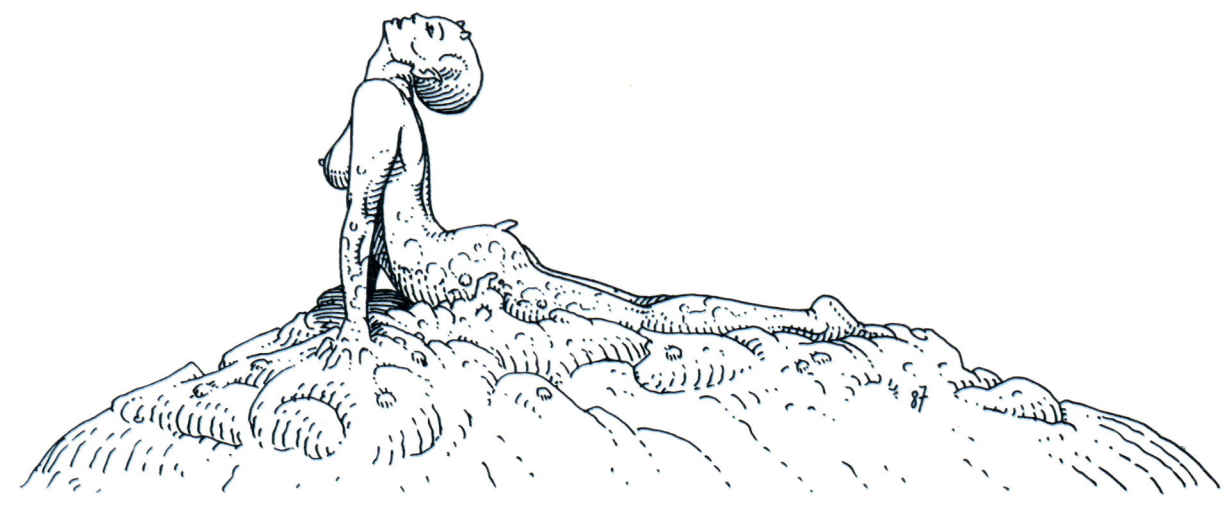

TUNNEL. André Ruellan. J'ai Lu. 1979.
TUNNEL. André Ruellan. J'ai Lu. 1979.

GANDAHAR. Recherche d'affiche pour le film de René Laloux d'après le roman de J.P. Andrevon. Inédit. © Col-Ima-Son. 1986.
GANDAHAR. Study for a poster for René Laloux' film adapted from J.P. Andrevon's novel. Unpublished. © Col-Ima-Son. 1986.

A 37

CHROMOVILLE. Joëlle Wintrebert. J'ai Lu. 1983.
CHROMOVILLE. Joëlle Wintrebert. J'ai Lu. 1983.

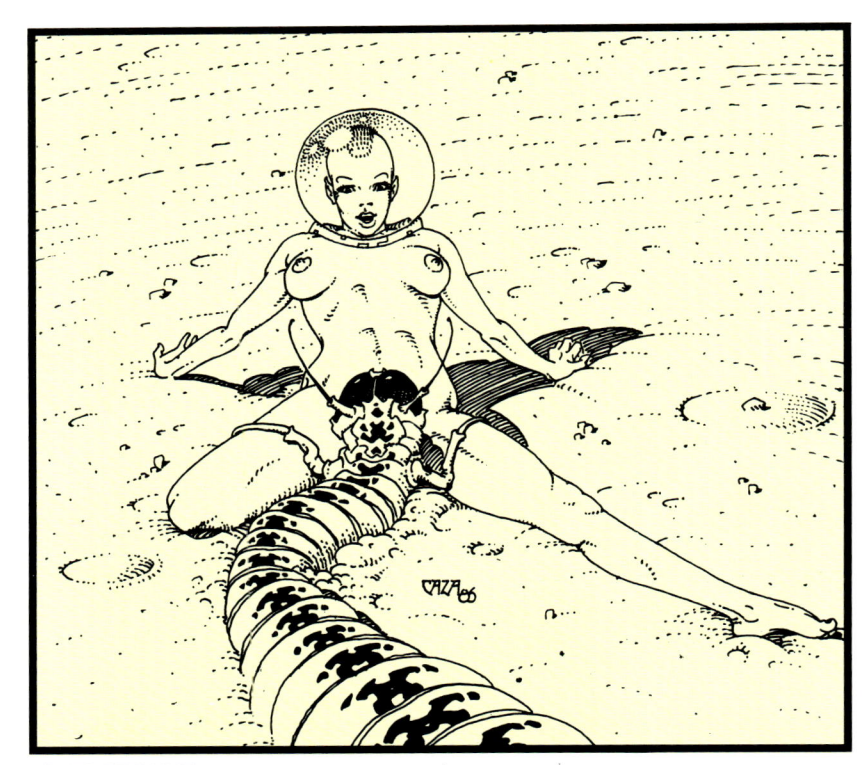

LE VER DE DUNE. Couverture pour Nemo N° 2. Omen Éditeur. 1986.
THE DUNE WORM. Front cover for Nemo N° 2. Omen Éditeur. 1986.

LES PILOTES DE LA GRANDE PORTE. Frederik Pohl. J'ai Lu. 1985.
BEYOND THE BLUE EVENT HORIZON. Frederik Pohl. J'ai Lu. 1985.

LE TROUPEAU AVEUGLE. Tomes I et II. John Brunner. J'ai Lu. 1981.
THE SHEEP LOOK UP. Volumes I and II. John Brunner. J'ai Lu. 1981.

A 41

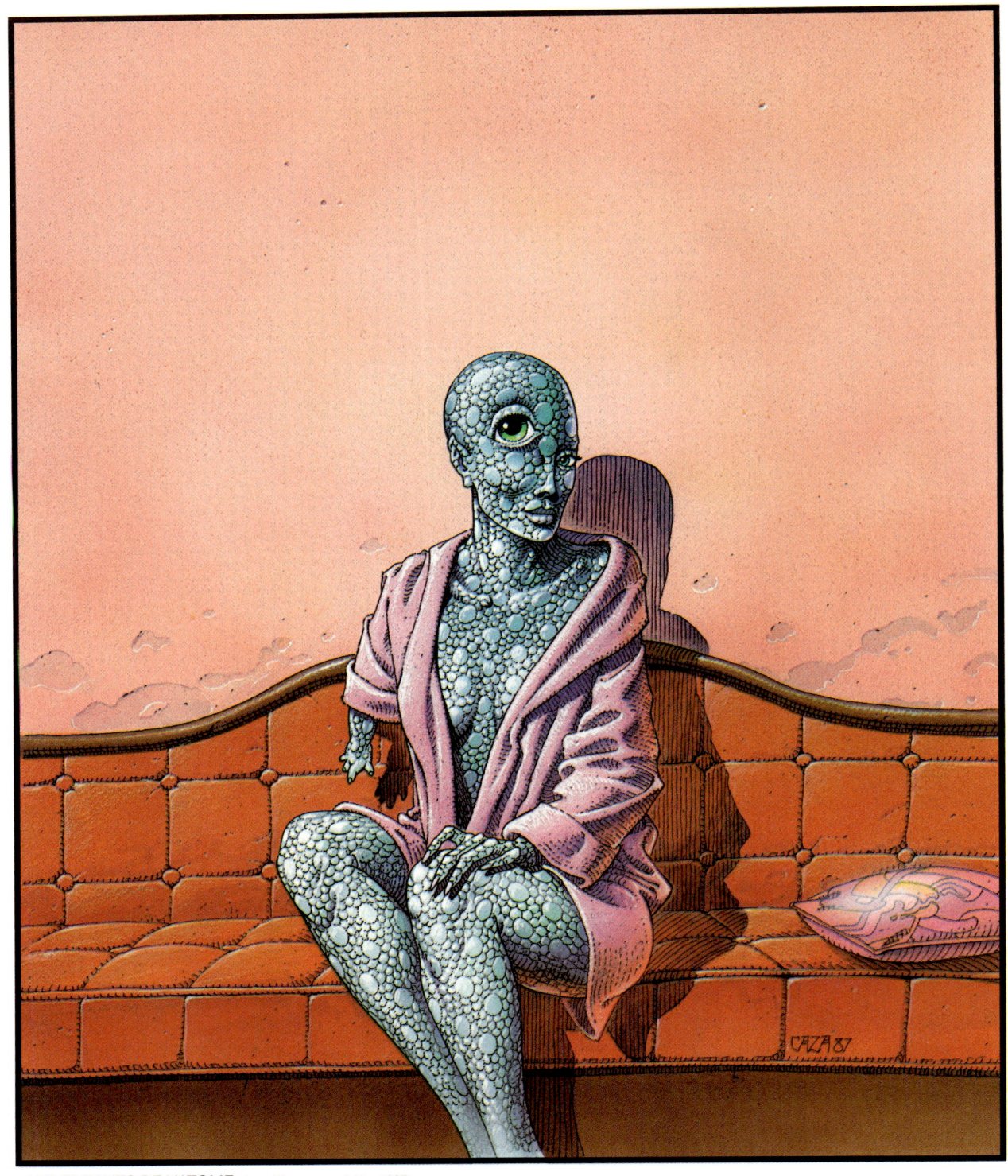

LES ENFANTS DE L'ATOME. Joyce Thompson. J'ai Lu. 1987.
CONSCIENCE PLACE. Joyce Thompson. J'ai Lu. 1987.

LA MÉMOIRE DE LA LUMIÈRE. Kim Stanley Robinson. J'ai Lu. 1986.
THE MEMORY OF WHITENESS. Kim Stanley Robinson. J'ai Lu. 1986.

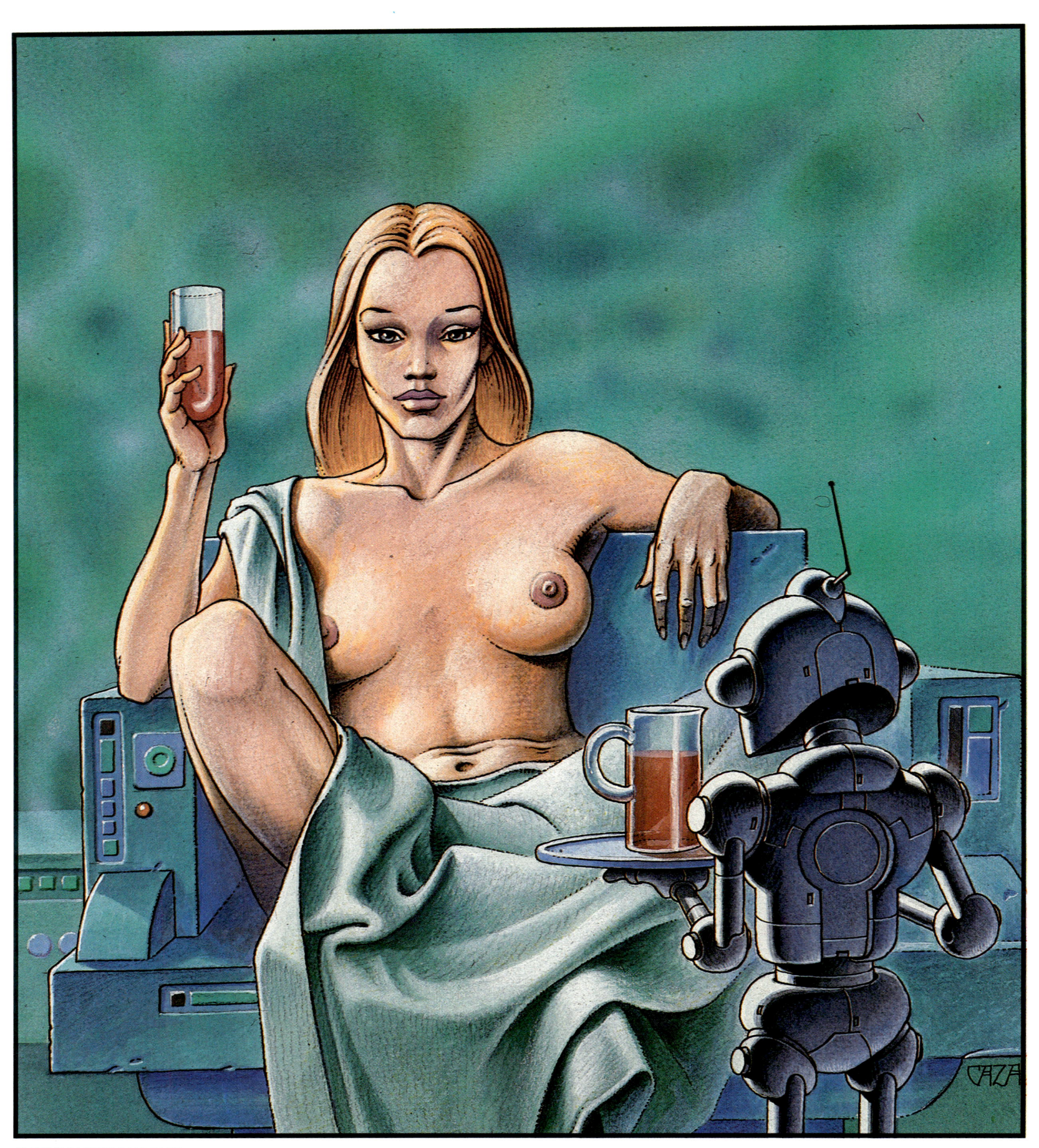

FACE AUX FEUX DU SOLEIL. Isaac Asimov. J'ai Lu. 1984.
THE NAKED SUN. Isaac Asimov. J'ai Lu. 1984.

Zelazny et Le Livre des Morts, Jack Vance et L'Épopée de Gilgamesh, Philip Jose Farmer et William Blake : les accointances ne manquent pas. Comme la littérature épique exprimait l'imaginaire collectif de son époque, de même la science-fiction exprime celui de la nôtre.

Décidément, l'important dans la S.F. n'est pas l'extrapolation de l'automobile, de la télé ou de la cuisine intégrée. Ceci représente l'anecdote, le design qui sert d'habillage actuel à un genre littéraire beaucoup plus vaste : la littérature de l'imaginaire. Imaginaire, voilà un mot que j'aime. Imaginaire... imagination... image... image... anagramme de magie...

Ce qui m'intéresse, me passionne, ce n'est pas la S.F. en particulier, c'est l'imaginaire en général : il est au centre de mon propos. Pourtant, je suis dans la S.F. et j'aime ça. Malgré - ou avec - ses astronefs, ses robots, ses ordinateurs.

Bien sûr, à première vue, on peut voir la S.F. comme une pure et simple extrapolation du temps présent, une projection de celui-ci dans le futur, un développement du réel fabriqué d'aujourd'hui.

Science-fiction pure et dure, métallique. Au niveau des images, extrapolation des formes créées aujourd'hui. Du "design" alors, et non du dessin.

Je n'ai pas été élevé à l'école de l'esthétique industrielle. Je m'entends mal avec les machines. Mon imagination fonctionne mal là-dessus. Alors, les astronefs que je préfère s'inspirent de poissons ou de bijoux baroques, les robots que j'aime sont des extrapolations des stylisations de la forme humaine ou d'une forme animale, ou un mélange des deux.

Zelazny and the Book of the Dead, Jack Vance and the Epic of Gilgamesh, Philip Jose Farmer and William Blake : the circle of relations is wide. As epic literature expressed the collective imagination that prevailed at that time, so, nowadays, science-fiction speaks for ours.

The important thing in S.F. is definitely not the extrapolation from the car, the t.v. set or the built-in kitchen. This represents only the anecdotal side, the design which is used today to clothe a much wider literary style : the literature of the imagination. Imaginary, this is a word I like. Imaginary... imagination... image... image... its anagram points to the very root of magic...

What I am passionately fond of is not S.F. in particular, it is, generally speaking, the imaginary : it lies at the centre of the subject. Still, I work in S.F. and I like that, notwithstanding – or standing – its spaceships, its robots and computers.

Of course, at first glance, S.F. may appear to be a straightforward extrapolation from the present, its projection into the future and the development of today's made-up reality as well.

Adamant, metallic science-fiction. Carrying through images the extrapolation of the forms created today. "Design", perhaps, but not drawing. I was not raised on the industrial aesthetics school-bench. I don't get along very well with machines. My imagination doesn't work very well on the subject. So the spaceships I prefer borrow their shape from fish or baroque jewels; the robots I like best are an extrapolation, a stylistic inspiration of the human or animal form, or a mixture of both.

LES ROBOTS ET L'EMPIRE. Tomes I et II. Isaac Asimov. J'ai Lu. 1986.
ROBOTS AND EMPIRE. Volumes I and II. Isaac Asimov. J'ai Lu. 1986.

Z 47

LA WALKYRIE. Affiche pour une exposition personnelle. Galerie Incognito-Uzès. 1986.
THE VALKYRIE. Poster for a solo exhibit. Galerie Incognito-Uzès. 1986.

LES VOILIERS DU SOLEIL. Gérard Klein. J'ai Lu. 1987.
LES VOILIERS DU SOLEIL. Gérard Klein. J'ai Lu. 1987.

CHARMEUSE. Extrait de "Peace Piece". (A SUIVRE) "Rythm and Bulles". 1986.
BEWITCHING. Excerpt from "Peace Piece". (A SUIVRE) "Rythm and Bulles". 1986.

LUNE NOIRE. Carte postale Librairie Graffiti-Cholet. 1984.
BLACK MOON. Post-Card. Librairie Graffiti-Cholet. 1984.

A LA POURSUITE DES SLANS. A.E. Van Vogt. J'ai Lu. 1985.
SLAN. A.E. Van Vogt. J'ai Lu. 1985.

Y A QUELQU'UN ? Philippe Curval. 1re version inédite. 1985.
Y A QUELQU'UN ? Philippe Curval. First unpublished version. 1985.

LE DÔME DU PUITS. Projet d'affiche pour le 10e Festival du Court-Métrage de Clermont-Ferrand. Inédit. 1987.
LE DÔME DU PUITS. Project for a poster for the 10th short-subject Film Festival of Clermont-Ferrand. Unpublished. 1987.

Y A QUELQU'UN ? Philippe Curval. J'ai Lu. 1985.
Y A QUELQU'UN ? Philippe Curval. J'ai Lu. 1985.

Z 53

ONDINE. Page de sommaire. Pilote N° 127. Dargaud. 1984.
ONDINE. Abstract page. Pilote N° 127. Dargaud. 1984.

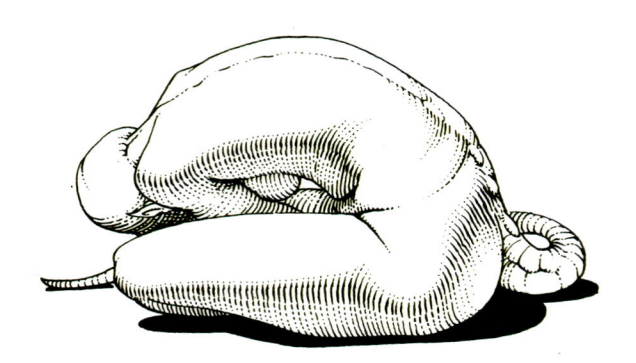

LA SALAMANDRE D'OR. Carte postale. L'Ornithorynque-Carpentras. 1982.
THE GOLDEN NEWT. Post-Card. L'Ornithorynque-Carpentras. 1982.

ZODIAQUE. Album collectif. Humanoïdes Associés. 1982.
ZODIAQUE. *A collective Album. Humanoïdes Associés. 1982.*

CHERCHEUR D'OR. Couverture pour Proxima N° 2/3. Andromède-Lille. 1986.
GOLD DIGGER. Front cover for Proxima N° 2/3. Andromède-Lille. 1986.

◁ JASPER. Dessin préparatoire pour "Gandahar", film de René Laloux d'après le roman de J.P. Andrevon. © Col-Ima-Son. 1985.
JASPER. Preliminary sketch for "Gandahar", René Laloux' film adapted from J.P. Andrevon's novel. © Col-Ima-Son. 1985.

HATHOR. Extrait du portfolio collectif "Les Dieux". Éditions du Phylactère. 1983.
HATHOR. Excerpt from the collective portfolio "Les Dieux". Éditions du Phylactère. 1983.

LES AMOURS PÉTRIFIÉS. Couverture pour la première édition des "Habitants du Crépuscule". Dargaud. 1982.
PETRIFIED LOVE. Front cover for the first printing of "Habitants du Crépuscule". Dargaud. 1982.

Aujourd'hui, l'époque est au rationnel techno-scientifique, en principe l'opposé parfait de l'irrationnel, du sub-conscient, de l'imaginaire. Mais telle est la force de ce dernier qu'il est capable de récupérer, de s'approprier jusqu'au rationnel techno-scientifique. La science nous a enlevé nos dieux et nos démons, nos rêves ?... Rêvons donc sur la science !

La science-fiction se sert du cadre techno-scientifique pour mettre en ordre et communiquer en langage d'aujourd'hui les délires irrationnels de l'inconscient individuel, social et universel. Ce faisant, elle prolonge le rêve, elle fait perdurer le mythe.

Le primitif a peuplé les forêts, les montagnes et les eaux de dryades, de nymphes et de sirènes, et l'outre-monde de dieux et de démons... L'homme moderne peuple le futur de mutants et de robots, le ciel d'ovnis et de visiteurs extraterrestres, les autres planètes de civilisations étranges, de monstres, d'océans qui rêvent, de sages ou d'ennemis...

En enfantant une nouvelle mythologie, la science-fiction ressuscite le Mythe.

Dans les légendes et les mythes du passé, comme dans la science-fiction, je cherche les géants des origines, le grondement des forces élémentaires, la mutation, les dieux et les astres et le hurlement des Chimères...

Our present time emphasizes the technico-scientific rational side which stands, in principle, entirely opposed to the irrational, the subconscious, the imaginary. But such is the power of the latter that it is able to retrieve, and then to appropriate even the technico-scientific rational. Did science deprive us of our gods and our demons, or our dreams ?... Let us dream then about science !

Science-fiction uses the technico-scientific background to order, and then communicate through today's language, the irrational ravings of the individual, social and universal unconscious. By so doing, it extends the dream and makes the myth perdure.

Primitive man peopled the forests, the mountains and the waters with dryads, nymphs and sirens, and the netherworld with gods and demons... Modern man peoples the future with mutants and robots, the skies with ufos and e.t. visitors, other planets with strange civilizations, monsters, dreaming oceans, wise men or enemies...

While bringing forth a new mythology, science-fiction brings Myth back to life.

In legends and myths of the past like in science-fiction, I'm looking for giants going back to the origin of time, rumbling elementary forces, transformations, gods and heavenly bodies, and the howling of Chimeras...

MACHA. Illustration réalisée pour le livre "Chacun son Chat", de Georges Lacroix. Ed. Fantôme. 1987.
MACHA. Illustration for the book "Chacun son Chat", by Georges Lacroix. Ed. Fantôme. 1987.

ALBAYDÉ OU LE JARDIN DES CENT DÉLICES. *Métal Hurlant Nº 100. Humanoïdes Associés. 1984.*
ALBAYDE OR THE GARDEN OF THE HUNDRED DELIGHTS. Métal Hurlant Nº 100. Humanoïdes Associés. 1984.

LES VAMPIRES DE L'ESPACE. Colin Wilson. J'ai Lu. 1980.
THE SPACE VAMPIRES. Colin Wilson. J'ai Lu. 1980.

LA SORCIÈRE ZINEB. Costumes pour la pièce de Victor-Hugo "Mangeront-ils?". Mise en scène de Yves Gourmelon. Théâtre des Treize Vents - Béziers-Montpellier. 1985.
ZINEB THE WITCH. Costumes for Victor Hugo's play "Mangeront-ils?". Stage director: Yves Gourmelon. Théâtre des Treize Vents - Béziers-Montpellier. 1985.

LE CIRQUE DU Dr LAO. Charles Finney. J'ai Lu. 1979.
THE CIRCUS OF Dr. LAO. Charles Finney. J'ai Lu. 1979.

ORAGES. Extrait du WFCBA portfolio. © Éditions Déesse. 1983.
STORMS. Excerpt from the WFCBA portfolio. © Éditions Déesse. 1983.

A 65

ARKHÊ. Les Humanoïdes Associés. 1982.
ARKHÊ. Les Humanoïdes Associés. 1982.

A 66

L'ARCHE. Métal Hurlant N° 74. Humanoïdes Associés. 1982.
THE ARK. Métal Hurlant N° 74. Humanoïdes Associés. 1982.

MANDRAGORE. Couverture du Pilote Hors-Série N° 78 bis. Dargaud. 1980.
MANDRAGORA. Front cover for Pilote Hors-Série n° 78 bis. Dargaud. 1980.

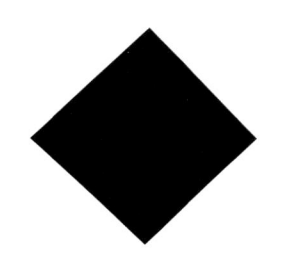

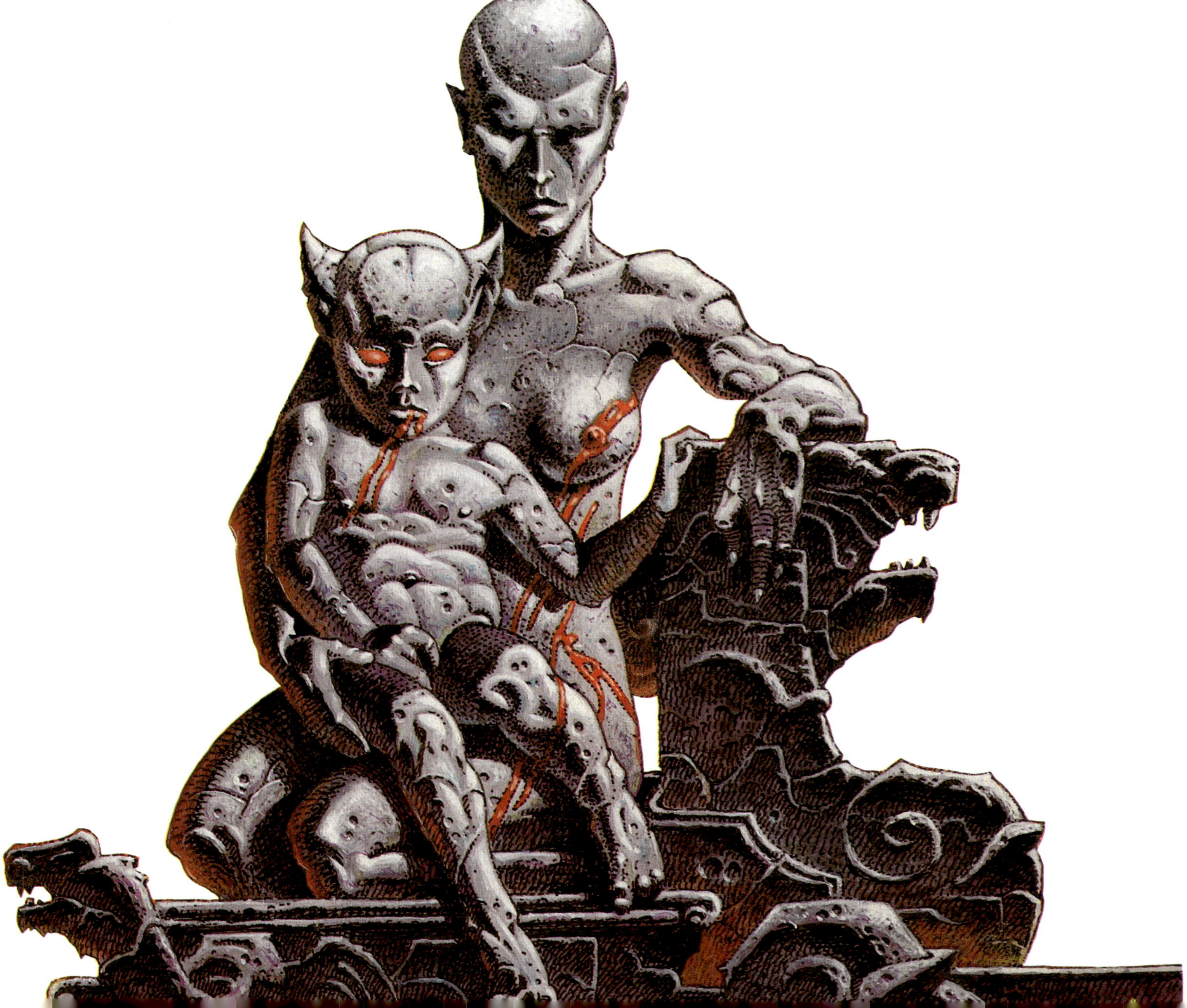

BIBLIOGRAPHIE
BIBLIOGRAPHY

KRIS KOOL. LOSFELD. FRANCE. 1970. ÉPUISÉ.
KRIS KOOK. LOSFELD. FRANCE. 1970. OUT OF PRINT.

FUME... C'EST DU CAZA. KESSELRING. SUISSE. 1975. ÉPUISÉ.
FUME... C'EST DU CAZA. KESSELRING. SWITZERLAND. 1975. OUT OF PRINT.

SCÈNES DE LA VIE DE BANLIEUE. DARGAUD. FRANCE. 1977.
SCÈNES DE LA VIE DE BANLIEUE. DARGAUD. FRANCE. 1977.

ACCROCHE-TOI AU BALAI. DARGAUD. FRANCE. 1978.
ACCROCHE-TOI AU BALAI. DARGAUD. FRANCE. 1978.

DIE TRÄUME DES CAZA. VOLKSVERLAG. ALLEMAGNE. 1979.
DIE TRÄUME DES CAZA. VOLKSVERLAG. GERMANY. 1979.

CAZA 30 × 30. LES HUMANOÏDES ASSOCIÉS. FRANCE. 1980. ÉPUISÉ.
CAZA 30 × 30. LES HUMANOÏDES ASSOCIÉS. FRANCE. 1980. OUT OF PRINT.

MARDRÖMMARNAS STAD. CARLSEN/IF. SUÈDE. 1980.
MARDRÖMMARNAS STAD. CARLSEN/IF. SWEDEN. 1980.

L'HACHÉLÈME QUE J'AIME. DARGAUD. FRANCE. 1982.
L'HACHÉLÈME QUE J'AIME. DARGAUD. FRANCE. 1982.

LES HABITANTS DU CRÉPUSCULE. DARGAUD. FRANCE. 1982.
LES HABITANTS DU CRÉPUSCULE. DARGAUD. FRANCE. 1982.

ARKHÉ. LES HUMANOÏDES ASSOCIÉS. FRANCE. 1982.
ARKHÉ. LES HUMANOÏDES ASSOCIÉS. FRANCE. 1982.

ZACHTJES MET DE BUREN. DARGAUD. BENELUX/OBERON. HOLLANDE. 1982.
ZACHTJES MET DE BUREN. DARGAUD. BENELUX/OBERON. NEDERLAND. 1982.

AAN'T EIND LINKSAF. DARGAUD. BENELUX/OBERON. HOLLANDE. 1983.
AAN'T EIND LINKSAF. DARGAUD. BENELUX/OBERON. HOLLANDE. 1983.

ΤΟ ΤΥΦΛΟ ΚΟΠΑΔΙ. ARS LONGA. GRÈCE. 1983.
ΤΟ ΤΥΦΛΟ ΚΟΠΑΔΙ. ARS LONGA. GREECE. 1983.

LES REMPARTS DE LA NUIT. DARGAUD. FRANCE. 1984.
LES REMPARTS DE LA NUIT. DARGAUD. FRANCE. 1984.

LE CAILLOU ROUGE ET AUTRES CONTES. DARGAUD. FRANCE. 1985.
LE CAILLOU ROUGE ET AUTRES CONTES. DARGAUD. FRANCE. 1985.

GLI ABITANTI DEL CREPUSCULO - L'ISOLA TROVATA. ITALIE. 1985.
GLI ABITANTI DEL CREPUSCULO - L'ISOLA TROVATA. ITALY. 1985.

MÉMOIRE DES ÉCUMES. DARGAUD. FRANCE. 1985.
MÉMOIRE DES ÉCUMES. DARGAUD. FRANCE. 1985.

ARKHÉ - EUROCOMIC. ESPAGNE. 1985.
ARKHÉ - EUROCOMIC. SPAIN. 1985.

FANTASIER FRA FORSTÆDERNE. CARLSEN COMICS. DANEMARK. 1986.
FANTASIER FRA FORSTÆDERNE. CARLSEN COMICS. DENMARK. 1986.

ESCAPE FROM SUBURBIA. N.B.M. USA. 1987.
ESCAPE FROM SUBURBIA. N.B.M. USA. 1987.

LAÏLAH. LES HUMANOÏDES ASSOCIÉS. FRANCE. 1988.
LAÏLAH. LES HUMANOÏDES ASSOCIÉS. FRANCE. 1988.

CHIMÈRES. LES HUMANOÏDES ASSOCIÉS. FRANCE. 1988.
CHIMÈRES. LES HUMANOÏDES ASSOCIÉS. FRANCE. 1988.

FILMOGRAPHIE
CATALOGUE OF FILMS

"GANDAHAR". UN FILM D'ANIMATION DE RENÉ LALOUX. PROD. : COL-IMA-SON/FILMS A2. 83 minutes.
"LIGHT YEARS". AN ANIMATION FILM BY RENÉ LALOUX. PROD. : COL-IMA-SON/FILMS A2. 83 minutes.

"WANG-FÔ". UN FILM D'ANIMATION DE RENÉ LALOUX. PROD. : WDR/REVCOM, 14 minutes.
"WANG-FÔ". AN ANIMATION FILM BY RENÉ LALOUX. PROD. : WDR/REVCOM, 14 minutes.

MÉMOIRE DES ÉCUMES. UN FILM DE CHRISTIAN LEJALÉ. PROD. : IMAGINE 35. 26 minutes.
MÉMOIRE DES ÉCUMES. A FILM BY CHRISTIAN LEJALÉ. PROD. : IMAGINE 35. 26 minutes.

CAZA
CHIMÈRES
LES HUMANOÏDES ASSOCIÉS 1988, 1re ÉDITION : 1988
© HACHETTE 1988
DÉPÔT LÉGAL : 7967 - MAI 1988
I.S.B.N. 2-7316-0534-0
I.S.S.N. 0760-780-6 - 41-24-0314-01

© ALESSANDRO DISTRIBUZIONI SRL
VIA DEL BORGO, 140 ABC - BOLOGNA - ITALIE - T 051/240168

IMPRIMÉ EN FRANCE PAR OUEST-IMPRESSION-OBERTHUR (RENNES)